한뉘 깊이 가늠하다

이규한 시집

초판 발행 2016년 12월 26일
지은이 이규한
펴낸이 안창현 **펴낸곳** 코드미디어
북 디자인 Micky Ahn
교정 교열 백이랑
등록 2001년 3월 7일
등록번호 제 25100-2001-5호
주소 서울시 은평구 갈현로 318-1 1층
전화 02-6326-1402 **팩스** 02-388-1302
전자우편 codmedia@codmedia.com

ISBN 979-11-86104-51-4 03810

정가 10,000원

이 책은 성남 시청의 문예진흥지원금을 보조받아 발간되었습니다.

한뉘 깊이 가늠하다

이규한 시집

LeeGyuHan

제법 마음 다한 시집이라고 말하고 싶지만 고치고 또 고쳐도 끝도 없이 고치고 싶어, 차라리 독자의 혹독한 소나기 비판에 기대고 싶었다.

　　시 속에 삶의 지혜가 있어 시 가까이한 보람 갖는다. 다양한 인간의 성품 느낌이나 자연 사물에서 터득한 이치를 단순 언어에 함축시켜 음미하면서 자신의 의지로 참다운 삶의 길을 제시하는 데 재미가 있다. 또한 시는 올바르고 부드럽고 아름다운 멋을 지니고 있다. 시심 가득한 인간관계는 살맛 나는 세상 만든다고 말하고 싶다.

　　시를 좋아하는 독자로부터 난해한 시어, 창조적인 언어, 비약적인 의미 부여로 공감은커녕 이해조차 어렵다는 소리 많이 들었다. 핑계 삼아 누구나 쉽게 이해할 수 있는 시를 써 보려고 했는데 글쎄 시격詩格 타령할 것 같아 두렵고, 디디고 나갈 발판마저 무너질까 조심스럽다. 용기내어 첫 시집을 낸다. 불만스럽지만 더욱더 정진해서 좋은 시 보이고 싶다.

　　이 시집을 내는데 지도와 지원을 해 주신 한국문인협회 수필분과회장이시고 한국수필가협회 이사장이신 지연희 교수(수필가, 시인)와 선배 동료 문우들에게 감사드린다. 앞으로도 더욱더 지적 질책해 주시고, 실망해서 넘어지지 아니하도록 격려와 칭찬도 보내 주실 것을 기대한다.

이규환

contents

01 — 어디로 가는 거야

사람다운 소이는   — 02

contents

03 ── 여유작작

어떻게 사는 거지   — 04

contents

05 —

회자정리
會者定離

1

어디로 가는 거야

삶

꽃
천하일색 자랑 터니
꽃잎에 꽃자리 물려주고 어디로 가시나

싱그러운 꽃잎
비바람 모진 삶 견디면서
맺는 열매 뻗는 가지 정다운 새 생명
아직은 사랑할 일 많이도 남아
칼바람 가로막고 오래오래 살고파 했겠지

하지만
가을 가고 겨울 오면 낙엽 되어
불 속 재가 되고
흙 속 흙이 되어
어디론가 가버리는 것을

생의 애착

양파 껍질처럼 허물 쌓인 인생 청천의 별처럼 말 많은 삶 때문에 치유 글 써야 합니다 옷깃을 스쳐 간 모든 이에게 오늘도 내일도 오래도록 써야 합니다 용서말 전하지 못한 글 천 리 길보다 길어 노여움 사라질 때까지 써야 합니다 원초적인 자기로 돌아와 율동 넘치는 글 마음껏 쓸 수 있을 때까지 오감의 활력 있어야 합니다 감격 솟아나는 시다운 시 글 마디마디 가슴 깊이 스며들어 웃고 울 때까지 써야 합니다 그런 삶 있을 때까지 24시 119 작동태세하고 지상 최고명의 주치의 영양제 만병통치약 무당 굿판 벌여서라도 운명 막아 저세상 아니 가렵니다 천수를 누렸다고 오라 해도 아니 가렵니다

사랑의 추억

뒷동산 바위 언덕
연분홍 진달래
빵끗 내민 꽃망울
강렬한 햇빛 입 맞추면
벗는 몸매 금새라도 볼 것 같아

따사로운 손목 잡고
떨리는 가슴 마주하고
땅처럼 달처럼 자전하고 공전하며
촉촉이 젖어가던 눈망울
감미롭던 속삭임

추억은
발갛게 낯붉히며
긴긴밤 잠자리 다가와
뒤척이는 몸짓에도
끈질기게 침상 머문다

삼식이

점심밥 집에서 먹는다.
오찬 하자는 이 없다

저녁밥도 집에서만 먹는다.
일정표에 만찬 스케줄 없는 지 오래다

조찬회 참석한 지도 옛날
아침밥은 예외 없이 집에서 먹는다.

지난날 이쪽저쪽 할 일 넘쳐
그리도 만나자던 군상 썰물처럼 가버리고
이제는 사각형 아파트만 맴돌면서
세끼 집에서만 먹는다고
삼식이라 부른다.

열무김치 된장찌개 따끈한 밥
식구들과 못다 한 이야기 나누고
또 다른 보람 찾아
눈높이 어울린 삶 누린다.

동지섣달 긴긴밤

싸늘한 바람 쏘다니는 깊은 밤
말라 바스러진 가랑잎 날리는 소리
옛 모습 떠올라 잠 못 이뤘다.

하숙방 모인 뜻 부치들
찹쌀떡 메밀묵 내기화투 치던 생각

뒷골목 선술집 모여 막걸리 한잔
싸구려 분 냄새 술집 아씨 옆에 두고
젓가락 두들기며 유행가 부르던 생각

사랑방 화로불가 둘러앉아
우남, 만송, 김일성, 이정, 백범, 몽양, 해공, 유석*
팔일오, 육이오, 삼일오, 사일구, 오일륙 지껄이며
기나긴 밤 지새던 생각

문밖 신문 던지는 소리에
다음 생각 잊었습니다.
종소리 마음 달래는 새벽입니다.

_____
*호. 雩南, 晚松, 金日成. 而丁, 白凡, 夢陽, 海公, 維石

원천源泉

이 세상 태어나
보람차게 살려다
어디 가려고
산허리 굽이굽이 돌며
그토록 해맑은 모습으로 반기더니
강에서 흙먼지 분칠하고
세파 시달리다 지친 채
기다림도 없는 망망대해
아직도 가야 할 멀고도 험한 길
정처 없이 헤매다
존재의 근원 찾아
용궁가나 하늘가나

어무이

사시사철 고달픈 삶
고개 돌린 어무찬 한숨 소리
저세상 가신 뒤에야 가슴에 울려와
어무이 얼마가 필요해
그 말 한마디 못함이
한생 한입니다.

삭풍 한설
문풍지 소리 짙은 심야
등잔불 밑 길쌈하던 어무이
장화홍련전 읽어주면 좋아하시던
지금 어디 계시나요 그 애린 모습

아지랑이 춤추는 이른 봄날
저무는 시간들 놓칠세라
뒤뜰의 고추장 된장 독 매만지던 어무이
쌓인 잔설 털어주니 그리 좋아하시던
어머니는 영원토록 내 곁 있을 줄 알았습니다.

영원한 슬픔 - 6 25 전쟁 추념

경천동지驚天動地
전쟁 일어났던 그해
폐허 된 땅 위 헤일 수 없는 무덤 쌓여
하늘 가득 찬 저주의 분노 제어 못 한
어리석은 인간은
이쪽이라고 저쪽 솎아내고
저쪽이라고 이쪽 솎아내는
참혹한 골육상잔
사상의 노예 되어
천인공노할 짓 해도
죄 되는지 벌 되는지
애국인지 매국인지
몰랐습니다. 정말 몰랐을 것입니다.
모르고 한 짓이었기에 너무나 가여웠습니다.
모르고 한 짓이었기에 너무나 슬펐습니다.
천만년 지나도 잊을 수 없을 것입니다.

후회 1

산새 우짖고
봉우리 사이 구름꽃 흘러가는
설악산 코빼기 서서
육신의 찝찔한 액체 바람에 씻는다.

가슴에 닿는 시공
숨찬 걸음 흔적 어린 천불동 계곡
에워싼 산세 산세
고요히 반짝이는 먼바다
모두가 적막이다

오른 길 뒤 돌아서니
엎어져 다칠세라 떨어져 죽을세라
앞만 보고 걸었네.

연약한 계집아이
꼬부라진 늙은이
허기진 병약자
잡아주고 끌어주고
들어주고 먹여주고

함께하는 척
배려하는 척
때로는 모른 체하고

내 집 마당 돌아와
사위어지는 그믐달 쳐다본다.

후회 2

빈손뿐인 그대
캄캄한 어려움 삼키던 눈물
고달파하던 막일의 뼈아픈 가슴
온전한 데 없는 신심의 괴로움
잠자리도 없이 방황하면서

하지만
사랑 자비 진실을 좋아하고
가난을 운명으로 치부하면서
불의를 용서치 않던 의지
모두를 위한 발전에 고뇌하던 당신의 고매한 삶에
못 본 척 뒤로하고 가까이 못 한 아쉬움이
이루지 못한 꿈에 대한 미련처럼
가슴 깊은 곳에서
후회의 강물 되어 흐르고 있다

꽁치 한 두름 받아 왔어요

동트는 새벽
소달구지 장작 싣고 어촌 가시던 님
어둠 짙어 돌아와 술 냄새 풍기며 내미는 게 같은 손
볏짚에 둘둘 엮은 생선
어무이요 꽁치 한 두름
허세도 자랑도 아닌 효심 가득한 얼굴
왕소금 살짝 뿌려 석쇠에 구워주면서
찬밥도 있으니 배부르게 먹어라
감자 섞은 잡곡밥에 꽁치 한 토막
어머니 밥그릇에는 찬밥만 반 그릇 보였소
한참 지나 부엌 달그락 소리에
당신은 뛰쳐나와 하늘 쳐다보고 있었소.

옛집의 우물

　텃밭에 드리워진 살구나무 앵두나무 우거진 그늘 밑에
는 돌담 쌓은 깊은 우물 있었습니다 우물가에는 이웃집
아낙네들 이야기 마당 되어 동네방네 소문 주고받다 남
정네 흉도 보고 수다 떨며 깔깔 웃다 시집살이 쓴맛 단맛
쏟아내면 그제야 두레박 드리워 맑은 물 물동이 가득 담
아 머리 이고 엉덩이 살랑살랑 흔들며 돌아가던 이쁜 이
들 추억 있었습니다 퍼내고 퍼내도 고이는 우물 마시고
마셔도 차가운 샘물 찾아오는 누구에게도 베풀고 나누어
주는 모습 아름다웠습니다 훈훈했습니다 갸륵했습니다
두레박 이어받는 소박한 풍경도 그립습니다 다시 한 번
그 모습 보며 살아 봤으면 그러나 지금은 흔적만 남아 싸
늘한 적막만 흐릅니다

덕실재 고갯길

어렸을 때
어무이 따스한 손목 잡고
읍내 가며 넘던 고개

상급학교 보내 주마 던
형아 약속 들으며
다감 다정 함께하던 고개

6·25 전쟁 포화 소리 놀라
봇짐 지고 피난 가던
한 많은 고개

새벽 밥 배 속 기별하고
삼십 리 길 통학하며
피로에 지쳐 울던 고개

그 고개 떠난 삶도
이 고개 넘으면 저 고개
온다던 낙樂 어디 가고

설날 한복

때때옷 입은 소녀
색동 치마저고리
당의에 하얀 버선 신고
곱게 빗은 머리, 해맑은 얼굴
저렇게 예쁠 수가
미소 지며 무릎 꿇고
세배하는 귀염둥이
세뱃돈 받아들고 다소곳이 앉아
할미 할아비 건강 빌어준다

녹색치마 노랑저고리
하얀 속치마 보일락 말락
옷고름 곱게 매어 젖가슴 감추고
옷매무새 만지작거리던
마실 처녀
소매 끝동 인연 바라던
옛 생각 애련하다

한복
바짓가랑이 대님 매고

저고리에 조끼 입고
마고자에 두루마기 옷자락
양반걸음 하며 던지신 할아비 말씀
백의민족 얼 담긴 '다름 문화' 특성 지닌 옷이다

2

사람다운 소이는

이정표

님이시여
남은 여생 어찌 살라 하오리까
흐르는 물 산들바람처럼 사오리까
태풍 홍수 극복처럼 억센 삶 보이리까

물 따라 길 따라 순리대로 사는 거지
흐르는 물 막지 마라 고인 물 터주라
흐르면 시원하고 아름다운 것
생명의 근원이니 누리 곳곳 스며들고
산에도 머물게 하라
물 없이 살 수 있는 곳 어디메냐

있어야 할 존재로
물 흐르듯 살라 하네

봄 소리

봄볕 들녘
짹짹 쇄쇄
냉이 쑥 달래 캐는 아낙네 콧노래도 들립니다.

맑은 실개천
살얼음 사이 졸졸
나뭇가지 꽃망울 움트는 생명의 소리도 들립니다.

따스한 햇살 마중 나온 모두의 소리는
미소 짓고 내미는 대자연의 환희입니다
하늘과 땅 사이 가르마길 타고 온 천사들입니다

지천 피는 진달래 개나리
오고 지는 아쉬움 달램 말고
서둘러 보러 가요 산과 들 쏘다녀요

촌사람이고 싶었다

자랄 때 꿈은
마실 도리 어울리는 아담한 집
이제나저제나 추억 담는
장미 넝쿨 담장 밑 꽃밭 만들고
앞마당 가 실개천 남향에
지친 심신 녹여줄 포근한 정원에서
청순한 아내와 웃음꽃 피우고 싶었다.

서재 속 선인들 금언 보며
이 인생 생각하고
달과 별 가득 담은 마당
나들이 이웃 벗 맞이하여
차 한잔에 정나미 말 담아
시상詩想 잠겨 보고 싶었다.

여남은 평 텃밭
씨 뿌리고 모종하여
가꾸는 데 마음 다 하고
풍성한 야채 활짝 핀 호박꽃
벌 나비 춤추는 정자 앉아

찾아오는 이 없어도
털털한 탁주 한잔에 아쉬움 씹으며
홍진 세상 초월하고 싶었다.

허무

노란 몸매 자랑턴 은행잎
어젯밤 비바람 스치더니
헤매이다 지쳤나
고운 얼굴 어디 가고 상처투성이
한생 말년 가여워라
남겨 놓은 살붙이 돌봄도 못하고

이제는 어디 가나
땅속 가나
하늘 가나

자목慈木

비바람 큰비 보듬고
성인군자 같았으니
너의 넋 숭배한 옛사람
그 뜻 알 것도 같다

살아도 죽어서도 베풂
저와 같았으면
주고받고 웃고 즐기는
살맛 나는 세상 될 텐데

그대와 나
주고받는 호흡
당신 나 위하여 나 당신 위하여
아늑한 그늘에서 영원히 쉬고 싶다

처세 1 - 거울

인생사
거울 같아
웃으면 웃고 노하니 노한다.
눈에 비친 색깔 담아진 마음 따라
이렇게 저렇게 변하는구나
희비 고락
생각하기 나름이네
좋은 생각 새김된 거울이었으면

처세 2 - 비례 반비례

고생 뒤 기쁨
희생 끝 희열
인내 후 보람
배려 뒤 칭찬
호사다마
온갖 시련 견딤 다한 깊은 뿌리
무성한 나무 되듯
인생사 고진감래苦盡甘來

덕목德目

물새 소리
정겹고 흥겨워
인생을 노래하고

첫눈雪 보는 아이같이
율동으로 감동하는
시심詩心 가득한 사람

유머 여유 배려하는 멋
웃음 넘친 얼굴로
소박한 이웃과 명시 읊조리는 사람

그런 친구 많으면
살맛 나는 삶
살맛 나는 나라 될 텐데

필요한 사람

깊이 없는 인품에 하는 일마다 잘못 저지르기 다반사
이였지만 멀어지면 아쉬워하고 만나면 아껴주던 사람 있
었다 소임 낭패해도 미소로 대하며 맞살이 곳곳마다 물
과 물고기 꽃과 나비처럼 삶에 필요한 존재되라던 말씀
그 언어의 넋 깊은 곳 오래 머물렀다 필요한 사람 너무
나 짧고 쉬운 금언인데 지나온 고비마다 언제 어디서 누
구와 어떤 만남에도 자세 가다듬는 삶 있게 했기에 이 땅
위 살아가는 모두에게 전하고 싶었고 남은 생애도 그 이
야기 노래하고 싶지만 이제는 무대도 관중도 없다

잡념

　바다 호수 논밭 푸른 하늘과 우거진 숲 가물가물 움직이는 군상들까지 한눈에 담는 경포대 누각 올라 관동팔경 조아리다 목판의 색인 문인들 글줄 읽는다 저쪽 모퉁이 소풍 와서 동무들 함께 벚꽃 길 거닐며 재잘거리다 뱃놀이하던 어린 시절 그려 보기도 하고 이쪽 호숫가 풀숲 앉아 낚시하며 다감했던 벗님들과 번뇌 삭이던 직장 주말 생각했다 경포대 내려서 호수가 둘레길 지나 파도 소리 들리는 은빛 모래사장에 사족 길게 펴고 수평선 멀리 움직이는 고깃배 따라가다 하늘 높이 떠도는 흰 구름 타고 둥실둥실 흘렀다 일어나 한여름 피서 인파 휩쓸고 간 울창한 솔밭 데불고 시원한 가을 마시니 상쾌함 가득했다 하지만 끄적이고 싶던 시상 수상은 허공 속 맴돌면서 한 줄도 채워지지 아니한다 멋지게 쓰려니 더더욱 캄캄하다 따끈한 초당두부 탁주 한잔 마시고 문인의 감성 어디서부터 오느냐고 자문했다 넓고 푸른 바다 따사로운 해 잔잔한 호수 울창한 소나무 포근한 모래사장 보드라운 흙 야들야들 솟아오른 파란 풀들 지저귀는 새소리까지 자연 모두가 벗이요 애인이요 언젠가 나도 저속에 흙이 되어 하나 됨이라 여기니 그들의 모습 행동이 뇌 속에 맴돌면서 지면 가까이 문자로 아른거리며 다가온다 '내

가슴 출렁이는 파도 되어 어둡고 그늘진 곳 햇살같이 찾아들어 따스함 주었으면' '바위처럼 우뚝 솟아 광야 응시하니 천하가 좁아지네' 이렇게 떠오르는 대상을 지껄여 보니 내면을 찔러 진실을 일깨우며 가슴을 파고들어 글월로 이어지는 듯도 했지만 여기저기 더듬어 적어놓은 글월은 논리로 엮어져 감성 감명도 뜻도 없다는 독자의 소곤거림만 들려오는 것 같다 해는 서산 기울었는데 정상 오른 문우는 삶 글의 의미 되씹으며 천천히 올라오라 한다

'

공짜 타령

싱글벙글 얼싸절싸
학교 공짜 병원 공짜
밥 공짜 차도 공짜
100세 시대 좋은 세상
허망한 미래 세상

그럴시고 그럴시고
노는 일꾼 지천인데
일하는 외인 곱이네요
모두가 네 탓
집안 살림 거덜 난들
흥청망청 살고 싶어

싱글벙글 얼레설레
얼빠진 우국지사
오염된 꽃봉오리
담벽 쌓아 오도 가도 말고
우리끼리 장사하며
촛불 들고 춤도 추고

평화제전 – 올림픽, 아시안게임

누가 게임이라 했나
신이 창조해 인간이 만든 거대 잔친데
그 속 잉태된 오묘한 갈망을 보라

바다 물결 춤추고
해와 달 지켜보는 마당에서
희고 검고 누런 온갖 꽃봉오리
웃음의 디딤돌 놓고
지닌 기량 자랑하며 외치는 소리
대지를 진동하고 하늘 찌르며
종족 역사 얼 따라
땀방울 흘리며 깊은숨 쉰다.

앞서가는 문화예술 선보이고
다양한 능력 한계 도전하는
피 끓는 젊음 육체의 율동 함성 노래 춤
사람 사는 모습 일체를 뽐내며
말 생각 귀천 뛰어넘어 하나 된다.

땅 위 최대 축제
평화제전이라 부르자

회고

오던 길 뒤돌아보니
숲 속 헤매이다 지치고
캄캄한 밤 심심산천 절벽
쓰디쓴 고배 마시며 방황하고
망망대해 거센 파도 부딛치며
허망한 삶 운명 탓하던 기나긴 날

후회 뉘우침도 많았지만
고통 고난은 끝없이 이어지고
어떤 고난 얼마가 더 남았는지
어쩌나 그래도 가야지
이제는 모두 다 데불고
뚜벅뚜벅 가리라

주는 보람

초라한 영감의 은전 한 량
더듬더듬 맹인 둥지
놓여지는 저음에
환한 미소 깃든
두 얼굴이
아직은 살맛 남았다는 모습

가냘픈 소녀 손 종이 돈 한 잎
뎅그렁 뎅그렁
담아 넣는 고운 마음
앳딘 얼굴의 밝은 미소
주는 보람 애린 동심

오백만 량 기부한 기초수급생활자 할머니의 혜안慧眼
삶 사리 가슴 찌른 생각의 생각

3

여유작작

허세 虛勢

온 힘 다한 정상 정복
축복의 꽃다발 한 아름
만끽되는 쾌감
명예 돈 사랑 권세까지
소원성취 이처럼 좋을 줄이야

하지만
짧은 만족 뒤 허무
미끄러짐 추락 하산의 두려움
잃을까 놓칠까 불안한 심사
모략 질투 시기 걱정까지

인생
있는 것이 만족인 듯 걱정이고
없는 것이 걱정인 듯 행복이네
유무상통
마음먹기 나름인가

이유 없는 미움

미끈덩 미꾸라지
어쩌다 미움 대명代名 되었나
용고기[1] 괴롭혔나 눈발떼기[2] 먹었나
동네방네 흙탕쳤나.

재간 소질 가진 것 없어
용꿈 버리고
햇살에 쫓기어
땅속 삶터 찾아 바둥바둥

진흙 속 잡것 먹는 삶
까닭 모를 미움에 멍든 가슴
살고픈 마음 어루만지는
미더운 이웃 됐으면

---

1) 용고기: 미꾸릿과 민물고기의 강원도 방언
2) 눈발떼기: 송사리 민물고기의 강원도 방언

산책

율동공원
잔잔한 호수 갈대밭
시원한 바람 데불고 둘레길 지나
분당천 개울 걸으면

풀숲 노니는 산천어
두둥실 춤추는 오리
어우러진 숲 속 돌다리
모두가 자연이다 자유다

중앙공원
우거진 나무 숲 포근한 꼬부랑 흙길
맑은 공기 데불고
산 코빼기 쉼터 정자 앉는다

눈이 오나 비가 오나
돌고 도는 물레방아 길
산책하는 고비마다
몸 따라 마음 웃는다

여름날의 명상

　캄캄한 먹구름 밤인 듯 낮인데 천둥 번개 지축 흔들더니 소나기 퍼붓는다 폭염 가고 시원한 바람 즐김도 잠시 하늘 맑고 뙤약볕 찾아든다 맴맴 매미소리 어찌 그리 줄기차게 울어대나 배고파 우나 님 그리워 우나 창문 열고 밖을 보니 매미 한 마리 문틀에 엎드려 하늘만 쳐다보고 울고 있다 왜 울어 소리치니 점점 더 슬피 운다 빼앗긴 억울함인가 흐느껴 운다 운다고 가버린 사랑 돌아온다면 종일토록 통곡하겠다 다음날도 맴맴 소리 요란하다 나뭇가지마다 엎드렸는데 몇 놈인지 헤일 수 없지만 길고 긴 삼복 여름 시원한 바람결에 슬픈 연가는 끝없이 이어진다 코러스 때로는 솔로로 하는 노래 싫지는 않다 나도 매미 소리 자장가 삼아 눈 감고 보고픈 사람 더듬더니 오수 찾아든다 한동안 자다 깨어 보니 모두다 어디론가 멀리멀리 다시 만날 기약도 없이 가 버렸다 실상도 허상도 세월 가면 모두가 꿈인 걸 꿈 같이 헤매다 가는 세상은 어디 메냐 한 마리 새 되어 창공을 난다.

여유

삼라만상
가고 오고 피고 지고
인생살이 희로애락
세월 따라 생멸하고 변하는
세상 이치 더듬다
흔들흔들 능수버들 그늘진
모래사장 사족 뻗고

들꽃에 날아드는 벌 나비
풀숲 노니는 개구리
무리지어 나들이하는 개미
나뭇가지 앉은 까치
스치는 산들바람에 지저귀는 참새 소리
모두가 자연이고 자유다

자유와 쾌감 하나 되어
가슴 깊이 젖어드는 흥취로
시간이 머무는 자리에서
풀꽃도 보면서
홀로 마시는 탁주
따라주는 이 없어도 외롭지 않다

독도

망망대해 우뚝 솟아
고독과 외로움 달래며
한겨레 얼 담은 뱃고동
거센 파도 절규에도 홀홀이
묵묵 잠잠 말 없어 독도라 부르는가.

누구도 태어나지 않은 곳
누구 삶터도 아니었다고
한뉘 노여움 쌓일지라도
칠천만 모두의 사랑 담고 있음이니
순결하고 값진 삶이라 생각해다오

나라 동쪽 끝자락 의연히 앉아
태극기 가호받아 유비무환有備無患
왜구의 억지투정, 갖은 거짓 방정
그 허둥대는 꼴 엄히 다스려
천만년 나라 지키는 수호신 되어다오

인과응보

있다는 것 이유 있듯이
고행 후 기꺼움 있어
참고 견디는 삶 있게 한 것

고통 미움 이유 있듯이
인륜 천륜 외면 있어
원혼의 시달림 있게 한 것

재앙 시작 핑계 있듯이
억제 못 하는 인간 욕망
판도라 상자 있게 한 것

기다림

기다림 있어 사는 거지
바람 이루지 못해
기꺼움 없어도
언젠가는 소원성취 웃고 사는 날 있을 것 같은

정다운 이 함께하지 못해
아쉬움 많아도
명동 길가 서면 행여 만날 것 같은

따사로운 봄이면
산과 들 주말농장 쏘다니고
쌉싸롬 오이에 매콤한 풋고추
퀴퀴한 흙냄새 시원한 탁주
이제나저제나 세상 구경
하루하루 구석구석 기쁜 삶 있을 것 같은

허울

명퇴는 명예이고
먼 곳 가면 영전처럼
옆에 오면 미운 척
미운 놈 위로하고
승진은 슬며시
뇌물은 감사 사례
청탁이야 화목 다짐
끼리끼리 노는 재미
허울은 진실 닮아 희희낙락
어쩐지 미소더라

함박눈

옷치레 벗어던진 나뭇가지에
꽃보다 예쁜 백설꽃
몽실몽실 어우러져
춤추는 겨울새 울음
밝고 맑고 환희찬 모습 보네

어느 해 겨울밤
함박눈 뽀얗던 하늘 땅
이곳에서 저곳까지
비틀비틀 미끄러지고 넘어지고
군밤 나누면서

펄펄 함박눈 내릴 때면
하얀 눈 머리이고 다가와
반길 것 같아

귀염둥이

귀염둥이
재롱둥이
어여쁜 아기

어제 보고 오늘 봐도
내일 또 보고파
데불고 놀이터 가면
미끄럼 그네타기 너무 좋아해

귀빠진 지 삼십개월
이 분 완성 칠십개 퍼즐
뽀로로 미키마우스 키마 레고
너무 좋아해

한글 알파벳
듣도 보도 못한 것이
돼지 피그 사과 애플
천자문 읽기는 언제 할까요.

하비 하비 (할아버지)

말 안 터졌지만
재깔대는 입놀림
쉬 응아 맘마 장난감 놀이터
무얼 바라는지 알아요
영롱하고 예쁜 얼굴
젖 냄새 체취에
옹알대는 입술
반짝이는 눈동자 홀려
이 하비 가진 시계
오늘 하루 도망갔네요

한가위

추석
손발 바쁘시던 어무이
피붙이들 데불고
햅쌀 가루 만들어 반죽하고
콩밤 넣은 송편 빚다
너도 만들어 봐 따스한 손
저세상 가신지 수십 년
그래도 그 날이 오면
가슴 뭉클 눈시울 뜨겁습니다

다가오는 성묘에는
이 자식 빚은 송편
접시 가득 바쳐 오리다.

고향 집

무뚝뚝한 어르신
똑딱똑딱 만든 왕골자리 어깨 메고
장터 갔다 오신 날
두둑한 용돈에 탁주 마신
즐거움 누리시던 곳

엄위로우시던 어무이
동풍 한설 긴긴밤 따스한 안방
등잔불 가물가물
주렁주렁 식솔 함께
옛이야기 이으며
바느질 길쌈하시던 곳

뒷동산 오르고
시냇가 뛰놀고
다감한 친구 데불고
마실 길 쏘다니다
다시 가고픈 온돌방
어버이 계신 곳

외로움

가을 떨어진
잠자는 호수 둘레길
뚜벅뚜벅
몇 번째 홀로이
자연에 젖은 심신 따라
하염없이 거니는 길가엔
삭풍이 쫓아와 스치네요

마주하고픈 사람
아직은 남았는데
슬픔 괴로움 하소연
기꺼움 있어도
나눌 사람 없네요

집 나와도 갈 곳 없고
불러도 만나 줄 사람이 없으니
쓸쓸함이 마음 흔드네
이보다 더한 외로움도 있나
사람냄새 미쁜이 그리움 사무치네요

해 서산 가멸가멸

갈대밭에 울고 있는 길 잃은 바람

외로움의 몸부림인가

끝없이 여린 마음

옛정 사무친 뜨거운 눈시울

어두움 찾아드니 두려움 밀려오네요

4

어떻게 사는 거지

고향 가는 길

책 보자기 어깨 메고
코 흘리며 걷던 길
논두렁 갓길 지나면
버드나무 버들강아지
우거진 냇물 반겼다.

외나무다리 건너
가리마길 이르면
따스한 양지 언덕
아늑한 초가지붕에
떠오르는 저녁 연기
어무이 체취
아버지 매캐한 냄새
거니는 발길마다
옛정 어린다

빨간 감 누런 밤송이
엎드린 초가지붕
돌담길 꼬불꼬불
정든 이 손짓하던 마실 길은
지워지지 않는 고향길이다

생일

어무이 늘상 소리
무자식 상팔자

그러면서
춘하추동 태교 후
동짓달 초나흘
막냇자식 날 낳으시고
젖가슴 안겨 칭얼대도
잘 자라 달라는 바람뿐 이었다는
갸륵하신 넋 기립니다.

머뭇머뭇 또 한해
이 인생 이 해에도
잡초 같은 흔적들만 빼곡
마주치는 새싹들 눈에
뜻 높은 일 못한 부끄러움 보내며
보람있는 삶 남았다 말하고 싶었소.

5월의 추모

그날이 오면
저세상 어버이 영혼에
못다 한 위령 후회하며
생전 은혜 새기다
털석 주저앉아 눈물 흘리옵니다.

그때가 오면
자자손손
도리 지닌 피붙이들 모여 앉아
베푸신 유지 새기며
무릎 꿇고 고개 숙여 은덕 기리 옵니다.

나라 선열의 넋 기리듯
조상 숭모하는 의식에
엇길에서 헤매는 후손 있음은
모르다가도 알 것 같습니다.
마음 얕고 인륜 가벼이 한
어리석음 가득했던 내 탓이옵니다.

생각하는 삶

섬기는 마음 다하는 사람
집안 화목 도모하는 인생
그런 이의 뒷모습이
오늘처럼 아름다워 보일 줄 몰랐습니다.

음력 5.1/ 5.14/ 5.19 기일. 추도

가신님 전 1

살고픈 애착
정겹던 처자식
삶 흔적 떠올라
눈물 흘리셨나요.

아니면
지긋지긋한 고행 지겹던 가난
훨훨 털어버리고
먼저 가신님들 만나
얼싸안고 춤이라도 추었나요.

모진 고생
허망한 삶 살다 가셨기에
떠나보내는 마음
그리도 슬펐던 그 날의 모습들
잊으려 해도 잊어지지 아니합니다.

가신 님들 보우하사
살아가는 피붙이들
인간다운 삶 있기에

정겹게 모여 앉아
화목이란 말 조아럽니다

가신님 전 2

저세상 어떠시던가요

인륜과 패륜
자비와 탐욕
의리와 변절
보답과 배은

모두를 파헤쳐
지은 죄 벌 받고 닦은 덕 상 받던 가요

오늘 하루를 살더라도
어떻게 살다오라 하시리까.

농심 1

태초에 갖고 온 가난
종알종알 모내기 농부
측은한 풍년가
땀방울 먹고 자란 이삭
황금색으로 채색된 들판
쾨쾨한 흙냄새
나르는 메뚜기
와글와글 용고기 미꾸라지
모두가 순결 자연 풍요다

벼 베기 타작
뽀얀 먼지 땀 온몸 담고
함께하던 마을 사람
오곡백과 어우러진 일터 모습
훈훈 인심 정겹던 우애
그 농심 그 고향이 자꾸만 보고프다.

농심 2

아지랑이
논두렁 밭고랑 춤추면
갈고 고르고 파고 뿌리고
땀방울 흘리는 농심
샘물처럼 맑고 흙처럼 미덥다.

선들바람 불어오면
들판의 가을 걸머지고
끙끙거려도
풍년 기쁨 농심에
힘겨움 몰랐다.

봄 여름 가을
넓은 들판 정오 오면
모락모락 풋콩 쌀밥
돌김 오이 열무김치 꽁치구이
농주 한 사발에 환하게 웃음 짓던 농부
모두가 애련하다

옛집

대나무 병풍 남향 언덕
안채 별채 곳간 방앗간
대문 옆 텃밭 온갖 과일나무
사계절 자연 섭리 깨닫고
밤하늘 수많은 별 헤이던 집

긴 대청마루 닿은 이방 저방
식솔마다 감회 깃들었던
왕골자리 따스한 아랫목에서
어머니 옛이야기 들으며
대가족 삶 기쁨 누리던 집

육이오 전쟁, 병정 본부 되어
온갖 풍상 겪고
이제는 흔적도 볼 수 없는 옛집
달빛 드리운 삼경 되니
아무도 아무것도 없이 적막만 흐릅니다.

풋고추

봄이 오면
퇴비 모종 사다
뒤집고 뿌리고 심으면서
흙이 좋아 흙에 산다

하얀 꽃 피고 지고
벌 나비 입맞춤
파랑 고추 주렁주렁
지지대 비바람 막아주고
시름할까 물 먹이고
병마 저어되면
요구우유 샤워한다

밭두렁길 돌고 돌아
건강 챙기고
밭머리 정자 농투성이 마주 앉아
된장 찍은 풋고추 탁주 한 사발
장구치고 소리하면 농무農舞도 출 것 같다

동반자

받은 은혜 다 모아도
고마움 다 보태도
사랑의 사랑보다야

깊고 넓은 이해
바다처럼 하늘처럼
고달픈 삶 고뇌 가득할 때
다가와 용기 준 그림자
영원한 동반자

아내의 화실

장미원
나비 춤추는 꽃밭
입맞춤하고픈 꽃망울
바쁜 손 빛난 눈동자

하얀 빨강 노란색
오월 만나 피어오른 마녀
오만 가득한 매혹
아지랑이 품속 지치도록 불태우는 정열
살갗 가르는 감성까지도
화폭 구석구석 담는다.

장미꽃
그리고 또 그려 그리도 많은데
올해도 아내는
주말 내내 꽃 중의 꽃 보고파 간다.

오래도록 살 거야

어떻게 살았느냐
묻는다면
정겨운 이 자손들 삶
기껍게 보는 행복 있어
뜻있게 살았다 할 거야

남은 인생 어떻게 살 거냐
묻는다면
지난 산수傘壽 80성상
근심걱정 끝일 날 없었지만
장병長病에 힘겨운 님 보살핌 다하고
자손들 멋진 성장 보고 또 보고파서
오래 산다 할 거야

지나온 세월 못다 한 아쉬움
남은 인생 가는 길엔
불심 가득 담아
모두의 자비로움 기도하면서
이제는 백 세도 짧다 하며 멋지게 살 거야

귀염둥이 학교 가는 날 – 초등학교 입학

어린이
땅 위 가장 아름다운 이름
새것 새롭고 순수하고
공책 연필 지우개 가방 옷까지도

귀염둥이
가득 담은 선생님 둥지
멋진 꿈 씩씩함 가진
재롱둥이 미쁨이들
예쁜 꽃들의 꽃봉우리

내일 향한
하고픔 다해
달과 별 쏘다니며 마음껏 뛰놀고
지구촌 몽땅 친구하고
잘잘못 아우르는
옹골찬 미래 일꾼

월동 시금치

늦가을 산고 후
서둘러 방긋방긋
삭풍 한설 어쩌려고
으싹 으싹 내밀어
연약한 몸매
귀여워라 가여워라

봄 향기 담은
풀보다 진한 새푸른 새싹
싱그러운 자태
탐스럽게 무럭무럭

너를 가꾼 지극 정성
거짓도 배신도 없이
차디찬 눈보라 극기하고
바람만큼 자라 준 너
그 같은 삶이고 싶어

5

회자정리
會者定離

친구야

친구야
가로수 우거진 거리
우수수 떨어지는 가을 밟으며
아기처럼 좋아하던 은행잎
자네가 잠든 세상엔 없다기에
한 뭉치 모아서 날려 보내네

친구야
자네와 함께했던 거리
이젠 나 홀로 쓸쓸히
울적한 가슴 달래고 있네
백 년인들 길다 않고
나는 너에게 너는 나에게
빛이고 향기고 싶었는데

고향 바닷가

철썩 철썩
저 검푸른 바다
하얗게 떠오르는 물결
경쾌하게 밀려가는 파도
역동적으로 만나 춤춘다.
광활하고 깊은 바다는
삶의 의지, 깨달음의 지혜
대담한 모험도 주고
때로는 심연의 고독도 달래지

여기 추억이 머물다 간 은빛 모래사장 발 끝에 채이는 감미로운 해초와 저만치 우뚝 솟은 뒷불바위 앞 모래사장 사족 뻗고 앉아 모래알 곱게 펴 정情이란 글 만들어 놓고 옛 뜻 부치들 그리는데 밀려오는 파도가 정을 싣고 가 사랑이란 두 글자 쓰려는데 눈물 같은 꽃비 내린다 그처럼 가고팠던 고향 바닷가 다감했던 벗님들 모두다 어디 가고 어쩌다 나만 외로이 여기 앉았나.

동행자 1 – 퇴근길

십이월 끝자락
원인행위 조급턴 동료들
밤 깊은 거리 총총 걸어
종로 골목 선술집 둘러앉아
말 잔치로 피로 감추고
보글보글 매콤한 김치찌개
소주잔 입맞춤 피로 풀었다

어디선가 들려오는
크리스마스 캐럴
지난 세월 젊음 종알거리며
환하게 웃음 짓던 동료들

이제는
주름진 이마 몇 가락 남은 백발
만남조차 멀어져
웃음 담고 어울리던
그 모습 보고파지면
커피 한잔 시켜놓고
찻잔 위 드리운 그리움 마신다

동행자 2 - 정구장

주말 오면
구릿빛 팔다리 뽐내며
빠른 공 느린 공 치고 받고
흘리는 땀방울
정다운 밝은 웃음
짜릿한 맥주 상쾌함 가득했다

찝찝한 액체
사우나에 씻고
벌거벗은 몸매로
담소하던 동료들
쾌감 짙은 귀가 걸음
라켓 어깨 메고 흔들거리고

이제는
그 시절 보고파지면
뒷동산 둘레길 품 안에서
시원한 공기 마시며
거니는 발자국에 옛님을 그린다

만남 – 사우회

청운 뜻 품고
한양 온 벗님들
우정의 샘터

새색시 맞아
아들딸 주렁주렁
의리담은 벗님들
만남의 쉼터

기쁨 슬픔
돕고 도움받아 마음 나누고
힘겨운 삶 견디던 벗님들
위로와 격려의 안식처

사시사철 방방곡곡
명산대천 가족 놀이
그리도 많았는데
이제는 백발머리 민둥산이고
뒷동산 뜨문뜨문

이끼 낄 사이 없이 달려온 시공
다져진 정
이세상 다하면 저세상에 이어졌으면

그리움

들판 지나 산골 실개천
암자 가는 오솔길
싱글생글 온갖 야생화
이제는 콘크리트 숲
흙냄새 풀 향기 쫓겨 갔네

불경소리 끝난
정적 감도는 골방
가부좌 앞 낡은 책상 초롱불
정신일도하사불성精神一到何事不成
턱거리 뒤 만나자던 약속

기다림 길어
옛 우정 찾았건만
모두 다 어디 가고
자비하신 불타만이
쉬었다 가라 하네

달맞이

산등성
내뿜는 달빛
어둠의 들판 지울 때면
하고픈 것 갖고픈 것 이뤄 달라
눈 감고 손 모았지

잔잔한 호수
찬연한 달빛
걸으면 따라오고 서면 멈추다가
침상까지 다가와 비춰주니
텅 빈 가슴 달래는 등불 같아
저처럼 쫓아 드는 벗님도 있었으면

재회

언제부터인가
서로의 미움 짙어
살얼음판 일촉즉발
드디어 깨진 정나미
독선이라는 이유만으로

이 인생 다하기 전
사랑해야지 웃어줘야지
곪아 터진 상처 아물면
술 한 잔 너털웃음
살며시 손목 잡겠지

만남과 이별

목련 꽃망울
수줍어 젖가슴 감추더니
새봄 햇살 가득 담아
몽실몽실 탐스런 가슴 열고
백옥 같은 자태 보란다.

너무 사랑스러워
오래 보고팠는데
꽃 지고 잎 피더니
새 봄 다시 보자며
싱긋 생긋 웃고 갔다.

님을 위한 기도

이천십육년 시월이십삼일 일요일
햇볕도 달빛도 잠든 새벽
님은 갔습니다
깊은 잠 들었다 그대로 영면했습니다

모두의 소금이고 빛이었던
그렇게도 소중했던 님은 갔습니다
한뉘 한맺힌 것들 다 놓아두고
빈손으로 가시었습니다

님의 애련한 미소가
자꾸 자꾸만 다가와
사무친 그리움이 눈물되어 흘렀습니다

슬픈 눈물은 피부치들 가슴 남아
정다운 모습 그리움 되었으니
그리움 없는 사람 어디 있으랴만
잊고싶어 잊으려한다고 잊어지겠습니까

모두가 울고

하늘도 펑펑 울던 그 시각에
님은 다시 못 올길 영원히 떠나시었습니다

하지만
한줌 재만 남긴 채 떠날 때
태양은 빛나고
흰구름 넋 신고 하늘 올랐습니다

모진 병고 훨훨 털어 버리고
극락왕생 하시라 두손 모았습니다
명복을 비옵니다

빈손

마음 따라 떠다녀도
가진 것 없고 갖고픈 것 없으면
언제나 어디서나
근심 걱정 없겠지요

깊숙이 남아있는
물욕 버리고
외로움 버리고
사랑도 버리고
마음마저 버리면
자유가 나를 안고
춤추겠지요

한뉘 깊이 가늠

　언행 하고플 땐 그 깊이 세 번 가늠하라시고 자비 사랑
우애 그리고 감동에는 맞살이 마다 더더욱 깊은 생각 가
지라시던 님의 말씀 그 언어의 넋 한뉘 가슴 속 머물렀다
그 말씀 깊은 물의 잔잔한 미더움 모진 비바람에 견디는
뿌리 깊은 나무 웅변보다 침묵이 때로는 빛난다는 이치
깨닫는 지혜의 샘 주었지만 행하기 어려웠다 가늠도 어
려웠다 너와 나의 향후 삶 속에서는 도무지 가늠하기 어
려운 사람에 가까이 다가가 서로 가늠되는 깊이 보면서
느끼면서 끝내는 그 모습 돌아보고 가늠하고 행하면서
한뉘 오가는 마음 깊이 모두를 알 수 있는 그런 시 쓰고
싶다 그런 노래 부르고 싶다

작품해설

맑은 순수의 언어로
빚은 세상

지연희(시인)

　　　한 편의 시는 지구촌 생존하는 사람들 가운데에 유일한 한
'사람'이 짓는 영혼의 집 한 채이다. 그가 소유한 감성과 상상력이 함
축되어 자신만의 빛깔로 언어 구조화된 독창적 창조물이다. 그 어떤
누구도 흉내 낼 수 없는 생명력으로 존재하는 단독자적인 시인의 분
신이다. 때문에 세상에 존재하는 수많은 시인들은 그 유일한 시의 집
을 짓기 위해 창작의 방에 불을 밝히고 고뇌의 잔을 마시고 있다. 어머
니의 산고로 이룩한 생명탄생의 소중함으로 일컫게 되는 한 편의 시
는 그만큼 낯익음의 굴레에서 벗어나 낯설음의 세계로 잇는 특별한
가치를 지니게 된다.

　이규한 시인의 첫 시집 『한뉘 깊이 가늠하다』는 총 68편의 5부로 나
뉘어 각기 다른 음성으로 빚는 삶의 흔적이다. 기억 속 저편 고향의 정

서가 숨 쉬는 가난한 어머니의 모성과 완고한 아버지의 담뱃대 재떨이가 살아있는 그리운 날의 회상이다. 연어가 종족번식의 자연한 본능을 안고 바닷물을 가르며 태어난 민물로의 회귀에 이르는 일처럼 사람도 나이가 들수록 고향을 향해 마음을 두고 싶은 의지가 시 편의 많은 부분 묻어난다. 어린 시절 10대에 떠나온 후 50여 년을 수도권에 살았다는 시인이 체험한 삶의 나락들이 때로는 아픔이고 때로는 행복이지만 이 같은 가슴 깊은 정서들은 시어를 빌어 아름다운 추억의 공감대를 열게 될 것이라 믿는다.

동트는 새벽
소달구지 장작 싣고 어촌 가시던 님
어둠 짙어 돌아와 술 냄새 풍기며 내미는 게 같은 손
볏짚에 둘둘 엮은 생선
어무이요 꽁치 한 두름
허세도 자랑도 아닌 효심 가득한 얼굴
왕소금 살짝 뿌려 석쇠에 구워주면서
찬밥도 있으니 배부르게 먹어라
감자 섞은 잡곡밥에 꽁치 한 토막
어머니 밥그릇에는 찬밥만 반 그릇 보였소
한참 지나 부엌 달그락 소리에
당신은 뛰쳐나와 하늘 쳐다보고 있었소.
                    – 시 「꽁치 한 두름 받아 왔어요」 전문

자랄 때 꿈은
마실 도리 어울리는 아담한 집
이제나저제나 추억 담는

장미넝쿨 담장 밑 꽃밭 만들고
앞마당 가 실개천 남향에
지친 심신 녹여줄 포근한 정원에서
청순한 아내와 웃음꽃 피우고 싶었다.

서재 속 선인들 금언 보며
이 인생 생각하고
달과 별 가득 담은 마당
나들이 이웃 벗 맞이하여
차 한잔에 정나미 말 담아
시상詩想 잠겨 보고 싶었다.

여남은 평 텃밭
씨 뿌리고 모종하여
가꾸는 데 마음 다 하고
풍성한 야채 활짝 핀 호박꽃
벌 나비 춤추는 정자 앉아
찾아오는 이 없어도
털털한 탁주 한잔에 아쉬움 씹으며
홍진 세상 초월하고 싶었다.

              – 시「촌사람이고 싶었다」전문

    시「꽁치 한 두름 받아 왔어요」, 시「촌사람이고 싶었다」두 편 시의
이야기는 고향을 배경으로 하고 있다. '어무이'와 '장미넝쿨 담장 밑
꽃밭'이 있고 화자가 이야기를 끌고 간다. 시「꽁치 한 두름 받아 왔어
요」의 공간에는 동트는 새벽, 임으로 지칭된 아버지가 소달구지에 장

작 신고 어촌에 나갔다 저녁 무렵 술 냄새 풍기며 꽁치 한 두름 들고
귀가하는 시골집 가장의 모습이다. 어머니는 볏짚에 엮인 꽁치를 받
아 석쇠 위에 굵은 소금 뿌려 구어 자식의 배를 불리는 모성을 들어
낸다. 가난한 어머니의 자식 사랑은 당신의 감자 섞인 밥그릇 찬밥 반
그릇까지 자식에게 내어 주고 하늘을 바라보고 있다. 이와 같이 화자
가 목도한 사실은 이규한 시문학의 영혼이 발광發光하는 빛깔이며 가
난한 시절의 절대적 모성의 가이없음을 보여준다. 비교적 다양한 삶
의 궤적을 짚어내고 있는 이 시집 속에서 해설의 메시지로 선택한 '고
향의 정서 짚어보기' 한 부분으로 당시의 가난과 모성을 극명하게 제
시한 시라고 할 수 있다. 시 「촌사람이고 싶었다」는 근 30여 년 직장
에 매여 살던 심신의 피곤에서 벗어나 귀향의 꿈을 보여주는 시이다.
고향에 귀의하여 유유자적 자연으로의 귀환을 꿈꾸지만 아내의 반대
로 이루지 못한 아쉬움이 시어로 표출되고 있다. '장미넝쿨 담장 밑 꽃
밭 만들고/ 앞마당 가 실개천 남향에/ 지친 심신 녹여줄 포근한 정원
에서/ 청순한 아내와 웃음꽃 피우고 싶었다.'는 달과 별 가득 담은 마
당에서 이웃과 차 한잔 정담 나누며 시상詩想에 잠겨 보고 싶은 마음
과 여남은 평 텃밭 씨 뿌리고 모종하여 가꾸는데 마음 다 하고 풍성한
야채 활짝 핀 호박꽃 벌 나비 춤추는 정자에 앉아 찾아오는 이 없어도
탁주 한잔에 세상 초월하고 싶어 했다. 함께 출간하는 수필집에 보면
그 고향으로의 귀환은 아직도 유보되어 완전 포기한 것은 아니라는
매듭을 짓고 있듯이 위의 시는 아직 '촌사람이고 싶은' 의지를 버리지
못하는 미련의 잔상이라 여겨진다.

노란 몸매 자랑턴 은행잎
어제 밤 비바람 스치더니

헤매이다 지쳤나
고운 얼굴 어디 가고 상처투성이
한생 말년 가여워라
남겨 논 살붙이 돌봄도 못하고

이제는 어디 가나
땅속 가나
하늘 가나
　　　　　- 시 「허무」 전문

삼라만상
가고 오고 피고 지고
인생살이 희로애락
세월 따라 생멸하고 변하는
세상 이치 더듬다
흔들흔들 능수버들 그늘진
모래사장 사족 뻗고

들꽃에 날아드는 벌 나비
풀숲에 노니는 개구리
무리지어 나들이하는 개미
나뭇가지 앉은 까치
스치는 산들바람에 지저귀는 참새 소리
모두가 자연이고 자유다

자유와 쾌감 하나 되어

가슴 깊은 젖어드는 흥취로
시간이 머무는 자리에서
홀로 마시는 탁주
따라주는 이 없어도 외롭지 않다
  – 시 「여유」 전문

가을이라는 계절이 내포한 낙엽 떨어져 내리는 그림 하나만으로도
마음은 한없이 비어있게 마련이다. 그만큼 가을의 온갖 배경은 '허무'
의 완전체들로 가득하다. 비단 시 「허무」의 제재인 노란 은행잎이 아
니더라도 조락의 계절에 놓여진 '허무'의 상징적 대상들은 도처에 널
브러져 있다. 으스스 살갗을 파고들어 온몸에 한기를 피우는 바람, 누
렇게 말라 툭툭 보도 위에 떨어지는 플라타너스 큰 손바닥의 낙하, 앙
상한 맨몸으로 우듬지 위에 마지막 남은 마른 잎새 하나 쓸쓸히 물고
있는 나목, 가을은 이처럼 가슴 허허한 그림을 그리고 있다. 종내에는
'고운 얼굴 어디 가고 상처투성이/ 한생 말년 가여워라/ 남겨 논 살붙
이 돌봄도 못하고// 이제는 어디 가나/ 땅속 가나/ 하늘 가나' 세상 끝
내다보며 함께 손잡았던 모든 대상과의 이별의 아픔을 허무의 심경으
로 이 시는 맞이한다.

반면 시 「여유」는 세상 모든 이치를 깨닫고 법열에 든 도인처럼 매
사에 연연하거나 구속되지 않는 자유를 내포하고 있다. 삼라만상의
존재들 무엇이든 가고 오거나 피고 지는 일, 희로애락 세월 따라 생멸
하고 변하는 세상이치 더듬다가 모래사장에 다리 뻗고 있는 모습까
지 여간 여유로운 게 아니다. 화자의 마음 밭으로 짚어내는 이 같은 심
경은 결국 '들꽃에 날아드는 벌 나비/ 풀숲에 노니는 개구리/ 무리지
어 나들이하는 개미/ 나뭇가지 앉은 까치/ 스치는 산들바람에 지저귀

는 참새소리'와 함께 세상 속 대자연의 질서는 거침없이 흐르는 물처럼 자연의 이치에 순연한 것임을 시 「여유」는 극명하게 제시하고 있다. 하여 가슴 속 젖어드는 흥취로 홀로 마시는 탁주 따라주는 이 없어도 외롭지 않아 한다. 쉽지 않은 영혼의 자유이다.

기다림 있어 사는 거지
바람 이루지 못해
기꺼움 없어도
언젠가는 소원성취 웃고 사는 날 있을 것 같은

정다운 이 함께하지 못해
아쉬움 많아도
명동 길가 서면 행여 만날 것 같은
따사로운 봄이면
산과 들 주말농장 쏘다니고
쌉싸롬 오이에 매콤한 풋고추
쾨쾨한 흙냄새 시원한 탁주
이제나저제나 세상 구경
하루하루 구석구석 기쁜 삶 있을 것 같은
　　　　　　　　　　　– 시 「기다림」 전문

옷치레 벗어던진 나뭇가지에
꽃보다 예쁜 백설꽃
몽실몽실 어우러져
춤추는 겨울새 울음
밝고 맑고 환희찬 모습 보네

어느 해 겨울밤
함박눈 뽀얗던 하늘 땅
이곳에서 저곳까지
비틀비틀 미끄러지고 넘어지고
군밤 나누면서

펄펄 함박눈 내릴 때면
하얀 눈 머리 이고 다가와
반길 것 같아

- 시 「함박눈」 전문

삶은 알 수 없는 무엇을 평생의 시간 속에서 기다리는 일일 수 있다. 아니 평생의 꿈으로 지녔던 이상의 날개를 찾아 헤매는 욕망의 깃털 하나쯤이라도 내게 와 머물러 주기를 기다리는 아름다움이지 싶다. 이규한 시의 「기다림」 또한 그 범주에서 벗어나지 않는다. 바람 이루지 못해 기꺼움 없어도, 정다운 이 함께하지 못해 아쉬움 많아도, 하루하루 구석구석 기쁜 삶 있을 것 같은 기대로 오늘을 살고 내일을 기다리는 일이다. 내일은 분명 어떤 알 수 없는 기쁨이 나를 찾아올 것 같은 기다림이 오늘의 삶을 아름답게 한다. 시인의 기다림은 세상 모든 보편적인 사람들의 행보임을 제시하고 있고 이는 독자의 가슴에 공감의 문을 여는 열쇠이지 싶다.

시 「함박눈」은 '옷차례 벗어던진 나뭇가지에/ 꽃보다 예쁜 백설꽃'의 아름다움을 가슴에 새기다가 어느 해 겨울밤의 추억 속으로 회귀하는 기억의 통로를 따라가게 한다. 하늘과 땅에 함박눈 뽀얗게 내리던 날 이곳 저곳으로 미끄러지고 넘어지면서도 군밤을 나누던 이와의

다감한 그림이 연상된다. 지난 추억은 다 아름다운 일이지만 함박눈으로 싸인 아름다운 순백의 추억은 동행한 그의 존재로 더욱 생생하게 살아나는 일이지 싶다. 젊은 날 이와 같은 추억은 엷은 미소를 띠울 수 있는 활력소와도 같은 일이다. '펄펄 함박눈 내릴 때면/ 하얀 눈 머리 이고 다가와/ 반길 것 같아' 상상만으로도 아름답다.

> 무뚝뚝한 어르신
> 뚝딱뚝딱 만든 왕골자리 어깨 메고
> 장터 갔다 오신 날
> 두둑한 용돈에 탁주 마신
> 즐거움 누리시던 곳
>
> 엄위로우시던 어무이
> 동풍 한설 긴긴밤 따스한 안방
> 등잔불 가물가물
> 주렁주렁 식솔 함께
> 옛이야기 이으며
> 바느질 길쌈하시던 곳
>
> 뒷동산 오르고
> 시냇가 뛰놀고
> 다감한 친구 데불고
> 마실 길 쏘다니다
> 다시 가고픈 온돌방
> 어버이 계신 곳
>   – 시「고향 집」전문

책 보자기 어깨 메고
코 흘리며 걷던 길
논두렁 갓길 지나면
버드나무 버들강아지
우거진 냇물 반겼다.
외나무다리 건너
가리마길 이르면
따스한 양지 언덕
아늑한 초가지붕에
떠오르는 저녁 연기
어무이 체취
아버지 매캐한 냄새
거니는 발길마다
옛정 어린다
빨간 감 누런 밤송이
엎드린 초가지붕
돌담길 꼬불꼬불
정든 이 손짓하던 마실 길은
지워지지 않는 고향길이다
— 시「고향 가는 길」전문

    이규한 시인의 시 속 많은 부분을 차지하는 공간은 고향이다. 바다
가 가까이 근접해 있는 이곳은 팔순을 넘긴 한 시인의 탯줄이 묻힌 곳
강릉이다. 문화예술의 고장으로 걸쭉한 문인들의 출생지로 이름을 거
론하기조차 무색할 만큼 자타가 인정하는 명승지에서 출생했다. 이곳
강릉을 고향으로 둔 시인의 고향 집에는 무뚝뚝한 어르신이 만든 왕

골자리가 장터에 나가 두둑한 용돈과 바꾸어 탁주 마시던 곳이다. 어무이는 따스한 안방 가물가물한 등잔불 아래 식솔과 함께 이야기 나누며 바느질 길쌈하시던 곳이다. 뒷동산 오르고 시냇가 뛰놀며 친구들과 마실 길 쏘다니다 찾아들던 온돌방, 시인은 다시 그 어버이 계신 고향 집으로 돌아가고 싶은 순정한 그리움을 시 「고향 집」으로 점묘하고 있다.

시 「고향 가는 길」 또한 위의 시 「고향 집」의 정서와 연장선상에 있다. 어린 시절 책보자기 어깨에 메고 학교에 가던 코흘리개 소년의 모습이 또렷이 그려진 이 시는 가난한 농촌 아이들의 현실을 대변하고 있다. 그러나 시대적 배경으로 놓여진 이 그림들은 논두렁 갓길 지나 버드나무 버들강아지 우거진 냇물이 보이고 외나무다리와 가리마길이 소년에겐 자연의 아름다운 정서를 키우는 원동력이 되었다고 생각한다.

> 친구야
> 가로수 우거진 거리
> 우수수 떨어지는 가을 밟으며
> 아기처럼 좋아하던 은행잎
> 자네가 잠든 세상엔 없다기에
> 한 뭉치 모아서 날려 보내네
>
> 친구야
> 자네와 함께했던 거리
> 이젠 나 홀로 쓸쓸이
> 울적한 가슴 달래고 있네

백 년인들 길다 않고
나는 너에게 너는 나에게
빛이고 향기고 싶었는데
            – 시「친구야」전문

산둥성
내뿜는 달빛
어둠의 들판 지울 때면
하고픈 것 갖고픈 것 이뤄 달라
눈 감고 손 모았지

잔잔한 호수
찬연한 달빛
걸으면 따라오고 서면 멈추다가
침상까지 다가와 비춰주니
텅 빈 가슴 달래는 등불 같아
저처럼 쫓아 드는 벗님도 있었으면
            – 시「달맞이」전문

　　이규한 시인의 위의 두 편의 시에서 발견하게 되는 상상적 이미지
나 은유적 언어의 형상성은 매우 아름다운 빛의 흐름으로 찬연한 색
채를 체득하게 한다. '친구야/ 가로수 우거진 거리/ 우수수 떨어지는
가을 밟으며/ 아기처럼 좋아하던 은행잎/ 자네가 잠든 세상엔 없다기
에/ 한 뭉치 모아서 날려 보내네' 언어가 놓여진 길을 따라가 보면 生
과 死로 분리된 그냥 현상적 의도의 구현에 지나지 않다 생각되지만
언어의 행간에 묻힌 정서를 손끝에 묻혀보면 처절한 그리움과 우정의

깊이를 상상해 낼 수가 있다. '친구야/ 자네와 함께했던 거리/ 이젠 나 홀로 쓸쓸이/ 울적한 가슴 달래고 있네/ 백 년인들 길다 않고/ 나는 너에게 너는 나에게/ 빛이고 향기고 싶었는데'로 마무리하는 아쉽고 안타까운 이별의 아픔은 우정의 깊이를 가늠하는 크기가 되어 독자의 가슴에 각인되어 남는다.

　시 「달맞이」는 이제껏 보여준 시인의 전반적인 시에서 드러난 고독과 외로움의 정서를 꽃으로 피워낸 걸작이라고 믿는다. 꾸밈없는 영혼으로 유연하게 풀어내는 자연과 시인의 교감은 아름다운 한 폭의 그림을 그려내고 있다. '산등성/ 내뿜는 달빛/ 어둠의 들판 지울 때면/ 하고픈 것 갖고픈 것 이뤄 달라/ 눈 감고 손 모았지// 잔잔한 호수/ 찬연한 달빛/ 걸으면 따라오고 서면 멈추다가/ 침상까지 다가와 비춰주니/ 텅 빈 가슴 달래는 등불 같아/ 저처럼 쫓아드는 벗님도 있었으면' 1연에서의 갖고픈 것 이뤄달라는 손 모음이 2연에 이르러 찬연한 달빛 걸으면 따라오고 서면 멈추다가 침상까지 다가와 비춰주니 텅 빈 가슴 달래는 등불이라는 것이다. 그러나 이 시는 가슴 달래는 등불에 머무는 것은 아니다. '저처럼 쫓아드는 벗님도 있었으면' 1연의 기도로 눈 감고 손 모았던 갖고픈 벗님을 기다리는 기대였던 것이다. 내뿜는 달빛이 어둠의 들판 지울 때면 찾아드는 한 인물의 고독을 가감 없이 비춰내고 있다.

　이규한 시인의 시 읽기를 이렇게 접는다. 수필집과 시집을 동시에 출간하는 어려움이 남달랐을 것으로 이해한다. 산고의 진통이 두 배에 이르렀다면 여간 힘겨웠을까 싶다. 이제 한 쌍의 분신을 맞이하며 시인 수필가의 면모를 보다 튼실하게 세우는 계기를 맞이했을 것이라 믿는다. 문학은 교시적인 사고로 독자를 교육하려는 목적은 지니지 않는다. 다만 쓰는 이가 펼쳐 놓은 삶의 언어를 통하여 의미를 획득

하고 취할 뿐이다. 시문학은 물론 수필문학도 예외는 아니다. 이규한 시인의 언어는 고향 집 앞 시냇물처럼 맑은 순수의 빛깔이다. 오늘 최선의 언어로 시의 집을 지어 완성하신 시인의 아름다운 세계에 빛이 스며들기를 기원하며 펜을 놓는다.

한뉘 깊이 가늠하다

이규한 시집